참꽃

황금알 시인선 240
문학청춘작가회 동인지 4
참꽃

초판발행일 | 2021년 12월 24일

지은이 | 민창홍 외
펴낸곳 | 도서출판 황금알
펴낸이 | 金永馥
주간 | 김영탁
편집실장 | 조경숙
표지디자인 | 칼라박스
주소 | 03088 서울시 종로구 이화장2길 29-3, 104호(동숭동)
전화 | 02)2275-9171
팩스 | 02)2275-9172
이메일 | tibet21@hanmail.net
홈페이지 | http://goldegg21.com
출판등록 | 2003년 03월 26일(제300-2003-230호)

값은 뒤표지에 있습니다.

ISBN 979-11-6815-012-6-03810

참꽃

문학청춘작가회 동인지 4

황금알

인간은 사회적 동물이다
함께 모여서 살아야 한다

코로나19는 쉽게 물러나지 않고
힘겨운 싸움을 하며 버티고

거리두기로 거리두기로
삶은 자꾸만 멀어져 가고 있다

과학에 기반한 방역과 백신
모조리 바꾸어 놓은 일상

발상의 전환이 필요한 시점이라고
위드 코로나를 말한다

같이 가면서도 싸워야 하는 것이
숙명 같은 인류의 역사라면

문학청춘은 싸워서 꼭 이겨야 하는
이 질긴 운명의 끝을 생각한다

4집이 나오기까지 협조해주신 동인들과
황금알 출판사에 감사드린다.

문학청춘작가회장 민창홍

차 례

시 ～～～～～～～～～～～

김요아킴
노르웨이 숲 옆 푸르지오 · 14
사춘기思春期 · 16
1월 10일 · 17

김선아
이명 · 20
가을을 읽다 · 21
수도水島교회 1 · 22

민창홍
포인세티아 · 24
유리의 집 · 25
거울 속 회랑에서 · 27

엄영란
밑단은 언제나 섬세해야 해요 · 30
빨랫줄과 빨래집게 · 32

유담
마스크의 눈동자 · 34
응시 · 35
호수 · 37

정은영
해빙 · 40
한 개 품은 꿈을 오래 곱씹는 뚱뚱한 고양이에게 · 42
코로나 블루 · 44

김미옥
저물어가는 · 46
가계家系 · 47
일탈이라면 일탈 · 49

손영숙
수중 분만 · 52
무섭고 아름다운 · 53
꽃씨 사설 · 54

이강휘
손님맞이 · 58
다시 이리 오너라 · 59
자기소개서 · 60

수진
시간 · 62
꽃자리 차 한 잔 · 63
빈집의 낙서 · 65

양민주
낙동강 어머니 · 68
오다가 만 눈 · 69

이일우

참꽃 4 · 72

참꽃 5 · 73

참꽃 6 · 74

곽애리

마른장마 · 76

징검다리 · 78

김연순

운수 좋은 날 · 82

귀를 줍다 · 84

박상옥

어떤 꽃 · 88

얼음 불꽃 · 89

피와 꽃 · 91

김영완

사춘기 · 94

어항 · 95

이우디

소우주 · 98

이터널 · 100

발인 티켓 · 102

양시연

묵주알 봄 · 106

신경성 안될병 · 107

친정의 별 · 108

고순심

고양이를 빌려드립니다 · 110

제비 · 112

김종식

강의 얼굴 · 116

탱자나무 울타리 안에서 · 118

수필

이선국

아기 풍란 · 122

문학청춘작가회 회칙 · 127

문학청춘작가회 발자취 · 131

시

김요아킴

1969년 경남 마산에서 태어나 경북대 사대 국어교육과를 졸업했다.
2003년 계간『시의나라』와 2010년
계간『문학청춘』신인상으로 본격적인 작품 활동을 시작하였다.
시집으로『가야산 호랑이』『어느 시낭송』『왼손잡이 투수』
『행복한 목욕탕』『그녀의 시모노세끼항』『공중부양사』와
산문집『야구, 21개의 생을 말하다』
서평집『푸른 책 푸른 꿈』(공저)이 있다.
2014년『행복한 목욕탕』2017년『그녀의 시모노세끼항』2020년『공중부양사』가
한국문화예술위원회 문학나눔 우수도서로 선정되었고,
2020년 제9회 백신애 창작기금을 받았다.
한국작가회의와 한국시인협회 회원이며,
현재 부산 경원고등학교에서 국어교사로 재직 중이다.

이메일 : kjhchds@hanmail.net

노르웨이 숲 옆 푸르지오

불완전한 사람들이 불완전한 세계에서
불완전한 방식으로 살아간다.
– 무라카미 하루키의 글 중에서

비틀즈의 노래를 부르며
노르웨이 숲 옆으로 이주를 했어요

평평한 저 아랫동네에서
제가 발 디딜 곳은 없었어요

잠자리를 같이하는 여자와 새끼들을 데리고
매번 유목민처럼 떠돌아야 했어요

비옥한 땅이 자본으로 전제되는
젖과 꿀이 흐르는 신도시의 유혹이
매번 발목을 잡으며 속삭였죠

자, 문을 열고 나서봐, 뭐든지 얻을 수 있어
달보다 환한 저 불빛과 화려한 간판이
네 영혼을 살찌울 거야, 그래
잠까지 줄여가며 더 힘껏 일해 봐

하지만, 편하게 누워야 할 방마저

주인의 단 한마디에 **뺏겨버리는**, 밤마다
그때 노래를 들었어요, Norwegian Wood

우리가 얼만큼 호흡하며 살지, 무엇이 참 기쁨이고 행복
인지
상실의 시대, 동쪽 숲 바로 너머 이곳에서
이 노랠 꼭 부르고 싶었어요

사춘기思春期

붉은 꽃잎을 틔우기 위한
맵디매운 한 시절의 생채기는
문고리의 깊은 침묵으로 시작되고
폭발한 얼굴의 몇몇 화산구는
스스로의 유배를 예고했지만
혼란한 해방공간의 가족사처럼
색깔을 달리하는 슬픔과 분노의 용해점이
차례대로 두 딸아이에 모두 낯설 때
그 봄을 생각하는 마음으로
찾은 남도의 섬, 각기
이 년 터울로 아비와 함께
꼭 사려니 숲에 들기 위해 들른
4.3 공원에서의 매번 터진 울음은
중산간 서걱이는 억새의 그림자만큼이나
까마귀의 날갯짓으로 선회하고
그날의 지울 수 없는, 꽃다운 나이
다시 그 봄을 기억하며
아비와 두 손을 꼭 잡은 채
나란히 길을 걸었다

1월 10일

친구 아비의 부고를 받고
수년 전 그 슬픔의 점도粘度를 알기에
참참한 바람에 움츠린 달이
채 뜨기도 전, 고향에 닿았다
가는 내내 머릿속에는 아버지와의
지상에서 마지막 식사가
끊임없이 재생되어, 결국
옛 살던 집터로 향했다
그렇게 좋아하시던, 펄떡펄떡
생기 넘치는 전어 한 점을
입에 오물오물 거리는 모습이
마치 갓난아이 같았었다
친구 아비의 부고를 받던 날은
아버지가 이 세상에 태어나던 날,
사라진 우물의 도르래가 길어 올린
가마솥 따끈한 목욕물로
아버지는 세례를 받고
아장아장 뛰어놀던 수국나무 옆
아랫방에 신혼을 차리며

나도 생겨나고
무학산의 기운은 여전히
전신주 위, 오선지 마냥 팽팽한데
거대한 아스팔트 더미에 화석화된
추억만이 까만 밤의 음표로
흥건히 매달리고 있다

김선아

2011년 『문학청춘』 신인상으로 등단
시집 『얼룩이라는 무늬』
제3회 김명배문학상 대상 수상

이메일 : treeksa@daum.net

이명

　지구 한쪽 어디에선가 게르니카가 자행되고, 그 야만과 참혹을 누군가는 촬영하여 전시하고 판매하고, 또 누군가는 교양인의 안목으로 전시장을 찾는다. 폭발음 속에서 반쯤 찢겨진 치마 춤과 끝까지 아이를 놓지 않으려는 한 여인의 손등에 밴 핏발, 멀찍이 나동그라지고 짓밟힌 어린아이의 주먹만 한 신발, 숨 몰아쉬면서도 손가락 세 개를 꼿꼿이 펼쳐 든 청년의 어깨를 어루만지는 햇발. 처연한 발들이 클로즈업된 작품을 쓱 훑어본 나는, 그 전시장 2층 레스토랑에 앉아 노을이 잠드는 시간을 뒤적거리며 스테이크를 주문했다.

가을을 읽다

입매 조글조글한 가랑잎 하나

탱글탱글 굴러가는 호두알을 쳐다보는 폼이

내달리는 총각 애의 튼실한 사타구니를 바라보는 것 같다

어찌 한번 해보고 싶다는 생각보다

새끼 하나쯤 더 낳아보고 싶은 눈꼴이다

숨소리 가랑가랑한 가랑잎 하나

수도水島교회 1

바닷가 끄트머리

담벼락에 유채꽃 몇 포기 살랑거리는

30년 넘는 그동안 교인 할머니들 다 떠나시고 한 분만 남아

예배시간이면

그, 그의 아내, 꼬부랑 할머니 이렇게 셋이 밥 먹는다는

민창홍

1960년 충남 공주에서 태어나
경남대 교육대학원에서 석사 학위를 받았으며
1998년 계간 『시의나라』와 2012년 『문학청춘』 신인상으로 등단하였다.
시집으로 『금강을 꿈꾸며』 『닭과 코스모스』 『캥거루 백을 멘 남자』
서사시집 『마산성요셉성당』이 있다.
마산교구가톨릭문인회 회장, 경남문협 부회장,
계간 『경남문학』 편집장 및 편집주간, 민들레문학회 회장을 역임하였고
마산예술공로상, 생활문화예술협회 창작예술상(문학),
경남문학우수작품집상, 제4회 경남 올해의 젊은 작가상,
제3회 문학청춘작가회 동인지 우수작품상을 수상하였으며
2015 세종도서 나눔 우수도서에 『닭과 코스모스』가 선정되었다.
현재 문학청춘작가회 회장, 마산문인협회 부회장, 경남시인협회 부회장,
(사)시사랑문화인협의회 영남지회, 경남문협 이사, 한국문인협회,
한국현대시인협회 회원, 민들레문학회, 시문학연구회 하로동선 동인으로
활동하고 있으며 성지여자고등학교 교장으로 재직하고 있다.

이메일 : changhongmin@hanmail.net

포인세티아

산타클로스가 선물을 준다
북극의 눈썰매 앞에 긴 줄이 늘어서고
간절하게 기도하며 만나고 싶던 곳으로
하얀 수염과 빨간 모자에 눈이 내린다
성당 마당 따뜻하게 덮어주는 눈
초록의 트리 장식에 색전구가 빛나고
막대에 매달린 사탕 오물거리며
착하게 살아온 자신 돌아보는 시간이다
선물은 이미 주어졌다.
무엇인지도 모르고 받은 선물
잎이 꽃처럼 붉게 번져서
저마다 눈에 달고 떠나는 꽃송이
사랑은 깊고 넓어서 아이처럼 해맑게
빈 주머니 둘러매고
눈썰매가 떠난다

유리의 집

무덤들 사이에서
하늘에 닿고자 하는 고구려의 비석이
유리의 집에 살고 있다

대륙을 질주하는 말발굽 소리 들으며
정으로 새긴 무거운 갑옷 입고
살아야 하는 이유가 있는가 보다

깨져서 피가 고인 곳으로
빗물이 새어 들어와
옷을 벗지 못하는
비밀이 있는가 보다

비바람 눈보라 온몸으로 막고 견딘
먼 곳 바라보는 거대한 꿈
큰 집을 지은 이는 알고 있을까
고개를 꺾고 바라보는 관광객
비가 온다

유리의 집에 빗물이 흐른다
물이 번져서 만드는 광활한 지도
주인은 왜 당당하지 못한 것일까

입김이 서려 운무가 되고
집이 흐릿하게 멀어진다

비를 맞는 해설사
여기는 국내성, 집안현이다

거울 속 회랑에서

거울 속 긴 회랑을 걸어가는 동안
갈증이 나서 정수기를 찾는데
숨기지 못하는 또 다른 내가 따라왔어요

나뭇잎 속에 숨어서
슬프지도 않으면서 서럽게 우는 매미처럼
투명한 유리의 조작이라고
자신을 둘러싸고 있는 모함이라고
선문답이 오갔어요

거울로 둘러싸인 벽에는
자신만 보이는 부끄러움이
자신만 보이는 회개가
자꾸만 물을 찾게 만들었어요

화난 얼굴로 철부지 행동을 꾸짖고
회랑 끝에 놓여진 정수기 앞에서
눈물을 멈추고 돌아보는데
내가 물을 마시고 있었어요

엄영란

경북 문경에서 태어났다
2012년 『문학청춘』 시부문 신인상으로 등단했다.

이메일 : yran0624@hnmail.net

밑단은 언제나 섬세해야 해요

코를 놓아요

어제를 놓고 버리고 싶은 기억을 놓고 뜬구름을 놓아요

하나둘 놓아가다 내일이 끼어들면 코 수를 잊어버리기도
해요

때로는 손끝이 흔들릴 때도 있나 봐요

촘촘하다가 가끔은 느슨해지기도 하니까요

그러면 모퉁이에서 꺾인

뒷모습처럼 다시 시작하지요

밑단은 언제나 섬세해야 하지요

결 고운 채에 감정을 거르듯이

한 코를 빼고 그다음 코를 뜨면 튼튼한 저녁으로 갈 수 있
지요

한 단 짜고 그 윗단으로 가려고 해요

한 단도 건너뛸 수는 없어요

차곡차곡 가야 해요

시계 속의 뻐꾸기처럼 당신은 같은 말을 해요

그렇게 시간만 잡아먹고 있는 당신을 이해할 수 없다고
소리치지요

그럴 때면 나는 이해할 수 없는 당신의 시간을 목구멍으

로 꿀꺽 넘기지요

　때론 당신과 나의 시간을

　풀어버려야 할 때도 있겠지요

　그러나 풀린 자국은 남아 다시 짜도 꼬불꼬불한 시간들이
지나가겠지요.

　나를 잡아먹은 시간이 나를 끌고 겨드랑이 파는 곳까지
가지요

　코가 줄어드는 일은 첫눈처럼 가벼워요

　한 코 한 코 그 가벼움 속으로 내가 들어가지요

　끝내 당신은 사라진 나를 입고

　가을처럼 웃겠지요.

빨랫줄과 빨래집게

허공에 걸려있는 **빨랫줄**을 본다
땅에 다리가 박힌 의자에 앉아서 본다
빨랫줄을 물고 있는 **빨강, 노랑, 파랑**을 본다
햇빛에 얼굴이 까매지는 줄도 모르고 본다
따뜻함에 빠진 얼굴로 본다
내가 따뜻한 동안 **빨래집게**는 나른해진다
점점 진이 **빠지**는 빨래집게를 나는 알지 못한다
굳게 다문 그 입을 나는 알지 못한다
아래를 내려다볼 수 없는 캄캄함을 나는 알지 못한다
바람이 분다
빨랫줄이 흔들린다
빨갛게 노랗게 파랗게 빨래집게가 흔들린다
흔드는 대로 흔들리는 빨랫줄이 허공을 흔든다
꼼짝달싹할 수 없는 허공 속에 내가 앉아있다
나를 끌고 하루가 줄행랑치고 있다

빨랫줄이 빨래집게를 달고
보이지 않는 곳으로 줄행랑치고 있다

유담

2013년 『문학청춘』 시부문 신인상으로 등단했다.
서울의대 및 동대학원(의학박사)을 졸업했다,
문학청춘작가회 초대회장, 한국의사시인회 초대회장.
한림의대 교수를 역임했다.
제1회 문학청춘작가회 동인지 작품상을 수상했다.
현재 쉼표문학 고문, 함춘문예회 회장, 한림의대 명예교수,
씨엠병원 내분비내과 과장으로 근무하고 있다.
시집 『가라앉지 못한 말들』 『두근거리는 지금』
산문집 『늙음 오디세이아』 등이 있다.

이메일 : hjoonyoo@gmail.com

마스크의 눈동자

불쑥
눈만 데리고 와서
말을 가르치고 말을 시키고
눈이 입술로 벌어지고 눈이 혀처럼 단련하여
드디어 중얼거리는
코로나19는 마스크에 돋은 눈동자

거리에서 거리를 앗아
거리만 쌓아놓은 세상이
고개를 들고 기침을 뿜어내면, 저 반대편에서
새로운 발열이 다가와
날카로운 체온으로 허파꽈리를 터트려
고열다운 고열 기침다운 기침이 비로소
활활 침묵한다

갸륵한 입막음으로 채워진 허기들
흐트러진 땅심 높이듯
눈심을 돋워
눈동자가 밥알로 돋는다
마스크를 뚫고 돋는다

응시

녹색 칠판에 백묵으로 딱 제목만 꾹꾹 눌러 쓰시고 상고
머리들을 향해 나직이 말씀하시곤 했다
"뚫어지게 쳐다봐라, 뚫린다."

문득 내다본 병실 창밖
빌딩 틈새로 수액이 솟구쳐 나무 한 그루 새처럼 튀어 오
른다
우듬지에 매달려 떠 있는 시선들
후드득 소나기 비집고 배롱나무 꽃이파리 알몸으로 흩어
진다
황황히 흉벽 뚫고 잘려나간 붉은 허파꽈리
꽃 피듯 낙엽 피고
잎맥 틈새로 모든 색깔 빨려들어
바람이 통째로 얼더니 눈이 숨가쁘게 내리고
하얗게 우거진 눈보라
샤갈의 붉은 당나귀 눈망울을 싣고 온다

여독 녹아내리는 나른한 눈망울
반쪽의 허울만 남아 숨가쁜 허파꽈리에

둥둥 공기 방울을 달아
둥둥 눈초리를 매달아

호수

한 슬픔이 내 눈에게 물었다
눈물은 호수를 남기냐고

아득히 시들어가는 슬픔이
밤새 어깨 적시던 이슬처럼
새벽노을 부옇게 부어오르는 눈가에 기대어
되물었다
먼 길,
목적지 없이 떠난다며
수평선 끝까지 쓸려간 눈물이
한 방울의 호수로 고이냐고

허공 되지 못한 채 구름으로 떠돌다
마디고 질긴 인연으로 쏟아져 내려
채우는 거냐고
물을 때마다
호수는 울컥울컥 출렁거렸다

정은영

1976년 경북 의성에서 태어나 상주에서 성장했다.
2013년 『문학청춘』 시부문 신인상으로 등단했다.

이메일 : elleyjung@gmail.com

해빙

당신이 수영하러 간 사이
북극이 녹아내린다
빙벽이 부서지고 붉은 바다가 출렁이며 솟구친다
쓰나미가 다가와 차례로 마을을 쓸어가고
뚜껑 열린 관들이 물 위를 떠다닐 때
나는 녹두죽을 끓이고 있었다
집안으로 물결이 밀어닥쳐 쓰레기가 떠올랐다
사람들은 하수구의 밥풀처럼 휩쓸리다
지붕이며 나무둥치로 겨우 올라서고 있었다
뚜껑 닫은 냄비를 끌어안고서
고양이도 강아지도 잃어버린 채
한 사람을 찾고 있었다
하늘의 태양은 언 오렌지처럼 빛나고
세상엔 온통 시커먼 얼음물뿐
간신히 높게 솟은 지붕의 가장자리에 닿아
나에게 손 내미는 몇 명의 사람들에게
식은 녹두죽 냄비를 건넸다 그리고
차가운 물 속으로 가라앉았다

당신은 녹두죽을 먹을 것이다
당신은 녹두죽을 맛있게 먹을 것이다

위성안테나에 걸터앉아 젖은 내장을 내어 말리던
북극곰 한 마리가 포효하는 수평선을 바라보았다

한 개 품은 꿈을 오래 곱씹는 뚱뚱한 고양이에게

처음은 매번 마음에 들고
저녁처럼 포근하지

슬픔 없이도 기댈 수 있고
벌을 받아도 느리게
춤출 수 있으니까

희망이란 매일 나무를 타고 소파를 긁으며
발톱을 가다듬고 드러누운 고양이

과묵해도 하품은 한다
고양이는 오직 고양이로서
하루 이틀 사흘 고양이 고양 고양하다 보면
파랑과 흰, 파랑과 흰, 파랑과 흰
의지의 연속

가뿐하게 고양이 엎어져도 고양이 털어내도
고양이, 쫓기던 몇 개의 꿈들이 먀옹, 방향을 바꾸며
깜찍한 감탄이 되어 살곰살곰 다가오는 것

자면서도 오물오물 꿈을 씹는 고양아
놓칠까 잃을까 두려움도 없이
행복의 꼬리를 쫓고 쫓기다 깊이 잠든 고양아
너를 읽자니 내 하루가 수상하게 감사납고 얄궂다

코로나 블루

저녁 산책길 한가운데
나무로 된 둥근 것이 버려져 있다
때가 잔뜩 낀 목탁이다
손으로 두드려보니 소리가 맑다
옆에 선 소나무 가지에 걸어두려 하는데
한 아주머니가 바삐 걸어오며 손을 내저으며 소리친다

　그거 저 짝 절 껀데, 그 집 아저씨가 술 자시고 집어 던졌는가 봐.
　치는 채는 없어요?

둘러보니 과연 목탁 치는 채도 버려져 있다
손잡이 부분이 심하게 긁혀있다
돌담 위에 목탁과 목채를 나란히 올려 두었다
골목 안쪽엔 원광사元光寺라는 허름한 나무 간판이 걸려있다
절이 싫어도 함부로 절을 떠날 수 없는 수상한 목탁의 사정이다

김미옥

경북 의성에서 태어났다.
2014년 계간 『문학청춘』 시부문 신인상으로 등단했다.
제2회 문학청춘작가회 동인지 우수작품상을 수상했다.
시집 『어느 슈퍼우먼의 즐거운 감옥』이 있다.

이메일 : ioi103408@daum.net

저물어가는

현관 밖에서
비밀에 발목 잡혔다
까치발을 하고 숫자를 차례대로 누른다
아무리 눌러도
풀리지 않는 비밀

비밀에도
비밀이 만들어진 걸까
비밀번호가 비밀을 잠그고
문이 문을 잠가
문은 튼튼한 성벽이 되었다

머릿속에선 비밀스럽게
망각의 나무들이 자라나고
나뭇잎이 머릿속을 온통 감싸 비밀을 찾을 수 없다

잎들 사이로
얼핏 얼핏 비밀의 조각들이
보이다 사라지고
저물어가는 나는 벽처럼 쓸쓸하다

가게家系

뚝딱!
바람이 도깨비방망이를 휘두르며 지나간다

시인의 공원* 앞에는 도깨비가 여는 국시 가게가 있지라
자시에서 묘시까지 도깨비들이 출몰한다는 때를 골라 입맛
에 딱 맞는 문장을 판다는, 가게 문을 열고 들어서면 도깨비
들이 늘어놓은 걸쭉한 농담과 실담이 벽에 붙어 있지라

희고 슴슴한 국수를 한 그릇 먹으면 갈등과 옥신각신이
생략되고 후루룩 후루룩 국수발이 잘도 넘어 가지라

쫄깃한 말의 반죽을 치대는, 저 컴컴한 소굴에서 끝없이
말을 뽑아내는 도깨비! 토씨를 붙였다 뗐다 행간을 좁혔다
늘렸다 하면 구름, 황소뒷다리, 수수깡, 부지깽이, 호랑이
줄무늬 같은 목록들이 뚝딱뚝딱 나오는 기라

때로는 벽에 쿵! 부딪혀 시를 쓸어 담는 빗자루로 둔갑하
기도 하는 기라

국시랑 찌그러진 양은 주전자에 막걸리 다 비워지고 첫닭
이 울면 가게 앞 목련도 문장 하나 하얗게 내밀어 보는 기라

* 시인의 공원은 충주시 신연수동 〈행복한 우동가게〉 앞에 있다.

일탈이라면 일탈

은행나무 길 옆 작은 집 한 채나
눈이 내려도 쌓이지 않는 뾰족지붕 집 한 채 갖는 것

이 소란스러운 꿈을 외면한 채
생활을 옆구리에 낀 채
시간을 분초로 쪼개 쓰는 나는

TV를 틀어놓고도
낮에 거둬들인 깻잎과 늦고추를 다듬고
다슬기를 까고 빨래를 널고 개키는
일상이 홍수인
나는

해가 중천에 뜰 때까지 허리가 뒤틀리도록 자거나
텃밭 야채들이 성큼 웃자라도록 놔두면 안되나

환한 전등 아래서 까만 커피를 마신다는 건 기적
뜨개질이나 할까 책이나 읽을까 고민 한다는 건 사치

오늘의 집을 짓다가
지붕 얹을 자리에 노란 은행잎이 쏟아지는 걸 바라본다

이것도 일탈이라면 일탈

손영숙

경남 마산에서 태어났다.
경북대 국어국문학과를 졸업했으며
2014년『문학청춘』시부문 신인상으로 등단했다
시집『지붕 없는 아이들』이 있다.
2019『대구문학』올해의 작품상을 수상했다

이메일 : sys267@hanmail.net

수중 분만

만삭의 먹장구름 한 송이
온몸에 하늘을 감고
산기슭 작은 연못에 든다

핏빛으로 새어 나오는 산통
놀란 산봉우리들 일제히 달려와
물 속에 병풍을 친다

가쁜 숨소리에
분홍빛 낭자한 수중궁궐
숲을 날던 까마귀도 울음을 멈춘다

미끄덩
갓 태어난
눈부신 해 한 덩이

미혼모였나
피 철철 먹장구름 보이지 않는다.

무섭고 아름다운

태초에 목이 없는 한 남자와
일찍 목을 버린 한 여자가
잉카 쇼니바레의 찬란한 정원에서 만난다
누가 불렀을까
눈부신 나뭇가지 사이로 뱀 한 마리, 저 은근한 눈빛
누구를 향한 것일까
한 점 요염한 과육,
달아난 여자의 목이었을까
그 여자의 남자 힘줄 굵은 팔뚝이었을까
콱 물어뜯고 싶은 게
겨우 여자의 보송한 뒤꿈치일리는 없지
편견을 거부하는 몸뚱이 둘이
나눠 마실 달콤한 한 잔의 유혹
벌로 받은 산고와
저주받은 땀으로
무수한 별 무더기를 땅으로 끌어 내린 뒤
소리 없이 소리 없이 먼지로 사라지게 할
저 무섭고 아름다운 배암 한 마리

꽃씨 사설

코로나 봄날,
팔공산 기슭에 둥지 튼 시인이
은밀히 전한 봉투 하나

할미꽃씨,
곁눈질로 탐냈던 그 댁 꽃식구가
보얗게 머리 센 채로
꽃을 버리고
몸마저 버리고
봉투 속에 가볍게 누웠다.

이분들을 어디로 모시나,
땅도 한 평 같이 주시지.
답답한 화분에 가둘 수 없는 분들
몇 날을 헤매다 볕 바른 언덕을 만났다.

따뜻한 뼛가루 바다에 뿌리듯,
안개비 무성한 날을 받아
고이 모셔다가 날려드렸다.

산 전체가 봉안탑이 되던 날

고개 드시고
허리 펴시고
다리도 뻗으소서.

따뜻한 아랫목 차지하시고
기지개도 켜시고
하품도 마음대로 하소서.

호미도
걸레도
모두 놓으시고
중천에 해 뜰 때까지
늦잠도 주무시옵소서.

꽃이었던 어머니
별이었던 할머니

세세만년
봄마다 오시어
온 산에
당신의 꿈 수 놓으소서.

이강휘

부산에서 출생하여 부산대 국어국문과와 교육대학원을 졸업했다
2014년 『문학청춘』 시부문 신인상으로 등단했다.
시집 『내 이마에서 떨어진 조약돌 두 개』가 있다.

이메일 : hwiyada@naver.com

손님맞이

하루 새 낯선 손님 세 명이 다녀갔다.
누구의 소유도 아닌 집
누구나 소유할 수 있는 집
적어도 내 것이 아닌 우리 집
맞아, 집 앞에 명패에 적힌 숫자는
내 이름이 아니지.

– 실례 좀 할게요.

네 번째 손님들이 오신다.
앉은 채로 오억을 벌었다는 누군가에 대한 동경
가만있다 오억을 잃었다는 어떤 이에 대한 동정
그 사이 어디쯤에
얼쯤얼쯤 나는 선다.

수數를 향해 반짝이는 눈빛들
오늘 본 네 명의 손님, 그보다 많은 예비 손님들
그들 사이에서
나는 산다.

다시 이리 오너라
— 함양 일두 고택에서

나지막한 돌담 사이로 우뚝한 문이 보입니다.
솟을대문입니다.
여기서 '이리 오너라'를 외쳤겠지요.
마당을 쓸던 사내가 문을 엽니다.
바닥엔 채 쓸어내지 못한 여름 별들이 흩뿌려져 있습니다.
작은 두 발로 돌을 뛰어넘으며 노는 소녀가 있고요.
돌길 끝은 사랑채로 향합니다.
용마루 위에 걸터앉은 학 한 마리가 보였겠지요.
날개를 쫙 펴 그늘을 내고 있습니다.
그 아래에는 대청마루가 있고요.
부채질로 더위를 식히던 주인과 눈이 마주칩니다.

차곡차곡 세월을 얹은 돌담을 돌아 다시 대문 앞에 섭니다.
먼 옛날 나그네들이 섰던 그 자리겠지요.
목을 가다듬고 '이리 오너라' 해봅니다.
혹여 예전 과객을 맞던 주인의 그 미소를 볼 수 있다면
내 *흐트러진 마음도 맑아질까요.

* 일두 고택 사랑채에 걸린 편액 '탁청재濯淸齋'는 '흐트러진 마음을 맑게 하는 곳'
  을 의미한다.

자기소개서

시를 노래한다고 하더니
만날 펜만 잡고 있으니
시란 글과 노래, 그 어디쯤

연봉 꼴찌는 아니라지만
그래도 시 한 편에 오만 원이니
시인이란 부자와 빈자, 그 어디쯤

시 쓸 시간 있는 걸 보니 한가로운가보다는 핀잔도
어떻게 시간을 내서 시를 쓰냐는 칭찬도 듣는 처지니
시 쓰는 일이란 여유와 근면, 그 어디쯤

고로 시인이란
지평선과 수평선이 맞닿아 있는
그 어딘가에 서서
가끔은 이쪽으로
때론 저쪽으로
시선을 내어줄 줄 아는
이 세상 가장 중립적인 자

수진

2015년 『문학청춘』 시부문 신인상으로 등단했다.

이메일 : soojin372@hanmail.net

시간

고요가 고요를 깨우는 숨소리
아침을 열고 하루를 만져본다

만질 수 없는 시간을 더듬어
함께 있다는 것에 감사하며
안도의 긴 호흡을……

들고나는 숨결이 한 생生의 노래라면 초마다 부딪치는
저 시계 초秒 소리는 삶의 반주일까

한 생의 콘서트가 끝나고 조명이 꺼진 까만 무대에서
빈 반주만 흐른다면 무슨 흥이 날까마는
찰나의 다리를 넘어
창틀을 빠져나간 영혼이 돌아오지 않아도
세상의 반주는 영원히 존재한다는 것
그것이 가장 슬프고도 가장 아름다운 일일 것이다

꽃자리 차 한 잔

물의 소용돌이에 죽었던 꽃들이 피어나면
첫사랑의 틈새에도 새살이 돋는다

찻잔 속에 오솔길 하나
천년 전의 사람과
천년 전의 사랑을 하고

이백 년 전 초의선사가 물 끓이고
추사가 차 마시던 소리 들리는 듯
그들의 혼을 마셔도 보면
그들도 차 멋이 이러했을까

못다 한 사랑
찻잔 속에 욱여넣어
첫사랑의 향기도 찾아냈을까

비스킷처럼 바사삭 부서지는 갈잎 사이로
오렌지빛 태양을 불러들인 찻잔엔
그대가 두고 간 웃음이 출렁이고

묵은 게국지 같은 이승의 인연들이
하얀 몸짓으로
빈 잔에 그려진 한 잎 꽃이
빈 나무의 관능미로 흔들린다

빈집의 낙서

삐거덕 삐거덕
어긋난 관절 추슬러 거미줄로 지탱한
부도 한 채
안아 줄 안길 품도 없는 허수아비

살아생전도 외로우셨지

어머니 한 줌 불꽃으로 피어나던 날

가지런하지 못한 유언들이
하얀 개망초로 얼룩진 비문

가끔은 뒤뜰에 앵두꽃 피면
백팔 염주 꿰어 쓰고도 아리는 사슬
붉은 진언으로 노래도 부르시겠지

양민주

2015년 『문학청춘』 시부문 신인상으로 시,
2006년 『시와 수필』을 통해 수필로 등단하였다.
시집으로 『아버지의 늪』
수필집으로 『아버지의 구두』 『나뭇잎 칼』이 있으며
원종린 수필문학상과 김해문학 우수작품집상,
경남문협 우수작품집상을 수상했다.

이메일 : cbe@inje.ac.kr

낙동강 어머니

지척에 낙동강을 두고 자란 나는 낙동강을 또 다른 어머니라고 생각했다 낙동강 고운 모래밭에서 자란 땅콩은 아기 똥색 꽃을 피웠다 어머니가 아기 낳아 기르듯 낙동강이 땅콩을 키웠다 낙동강이 나를 키웠다

오다가 만 눈

산꼭대기 하얀 눈 보이는데
거리에는 눈이 없다
어머니처럼 나를 보러 오시다가
짐 될까 짐작하여
산마루에 주저앉아 버린 것일까
어둠을 틈타 내리다가
새벽 동살에 하얗게 센 머리로
쉬어가듯 걸음을 멈추고
나를 바라보고 있다
찬바람 부는 거리에서 산꼭대기
하얀 눈을 하염없이 바라본다

이일우

1953년 전북 무주에서 태어났다.
가천대 국문과 박사과정을 수료했다.
2016년 『문학청춘』 시부문 신인상으로 등단했다.

이메일 : ridssyong@hanmail.net

참꽃 4

너보다 반가운 이
없어

이 봄
다 둘러봤지

너보다 반가운 이
없어

너보다 미운 이
없어

이 봄
다 둘러봤지

너보다 미운 이
없어

참꽃 5

바람이 왔다 갔다

다 봤어?

비밀이야

참꽃 6

젖어서

더 붉은

숯덩이야

곽애리

강원도 평창에서 태어나 1985년 미국으로 이주했다.
2017년 『문학청춘』 시부문 신인상으로 등단했다.
2012년 월간 『한국수필』 작품상과
경희 해외동포문학 작품상을 수상하였다.
현재 미주 뉴욕중앙일보 오피니언 칼럼니스트로 있다.

이메일 : songbirdaelee@gmail.com

마른장마

오지 않을 것 같아

갈라진 땅 위에
비가 내릴까
이미 지나가 버린 건 아닐까
기다릴 수 있을까

갈 수도 올 수도 없는 괴이하고 이상한 병이 창궐한 세상
할 수 있는 건 독하게 견디는 일

버틸 수 있을까

비행기가 하얀 꼬리구름을 길게 남기며 지나가는 오후

한 땀 한 땀 염원을 엮은 매듭 팔찌를 낀 가는 손목이
턱을 고이고 올려다보는

비가 오지 않는 하늘에
종일토록 젖어 내리는

이름 석 자

어떤 부재
비의 호명

당신

징검다리

정수리에 태양은 뜨거운데

들판을 지나 바위 언덕을 넘어
걷고 또 걷는데
물살 센 도랑 위에 징검다리 놓여 있네

왼쪽 발은 돌 위에
오른발은 공중에
흔들
착지하지 못한
몸의 위태

돌과 돌 사이
능청스럽게 물은 흐르는데
한 발, 한 발, 내딛는
빛의 찰나를 지켜보는
늙은 소나무의 침묵

건너가는 자

뒤로 돌아가기도 어렵고
앞으로 가기도 무섭고
멈춰 설 수도 없는

양손을 휘젓는 날개 손짓

행여
흔들림일지라도

멀리 바라보는
당신은,

춤추는 한 마리 학

김연순

2018년 『문학청춘』 시부문 신인상으로 등단했다.
한자끝장 김쌤 YouTube를 운영하고 있으며
문학Tv-Silk road 편집장으로 활동하고 있다.
제30회 경기여성 기·예 경진대회 우수상을 수상하였다.

이메일 : freshkys@naver.com

운수 좋은 날
— 용기 아주버님을 생각하며

별꽃이 반짝이는 햇볕, 밭둑에 꽃무늬 치마 같은 복사꽃 피던 날

통삼제 회관, 꽃가지 휘어진 벚꽃이 주먹 눈처럼 흩날리던 날

손사래 치는 탱자꽃 하얀 가시 꽃등에 누워

나는 간다 나는 간다
들풀처럼,
울 어매 생인손처럼 살다가 바람이 되어 나는 간다

내 살던 시장께 오두막집 마당, 뻘 묻은 장화와 뒹구는 소주병으로 간다

울 어매 살 냄새 나던 방, 벽에 걸린 몸뻬바지 갯바람 흐릿한 냄새도 맡아보고

매일 아침 꼬리 흔들던 개순이와 눈도 맞춰보고

나는 이제 무게도 없이 새의 날개로 앉아 날아간다

숭어 떼 몰려다니는 여수박등 앞바다의 바람으로 간다

바다가 보이는 비탈진 밭뙈기, 그곳 양지에 잠시 앉아도
본다

대문을 나서는데 뒤꼍의 붉은 동백꽃 눈을 감는다

귀를 줍다

퇴근 시간 현관문 앞에서 귀를 줍는다
하얗고 공처럼 둥근

주여, 제게 귀를 주시면 우산을 쓴 아이의 웃음과
꽃의 심장도 태워버려 한쪽 귀를 가진
까마귀의 울음을 낳겠나이다 아멘.
―책벌레의 주기도문

　사막의 도마뱀이 벽 위에서 춤추는 듯
　나무 의자에 앉아 당나귀도 귀를 만지작거린다

　시장 모퉁이 헤어끌레오 이발사는 가위질을 언제 멈춰야
할지
　발목에 돋아난 한쪽 귀를 실룩거린다

　바람이 누운 페요테* 발등 위에서
　구불구불한 사막의 길 끝으로 달은 점점 커지고

　순간의 고요 속

낙타의 발굽마다 하얀 소금이 돋아난다
현관문에서 까마귀도 귀를 달고 날아오른다

여보세요 여보세요
임금님 귀는 바람의 귀 임금님 귀는 바람의 귀

박상옥

1998년 『오늘의문학』으로 등단하였으며
시집으로 『얼음불꽃』 『끈』
산문집으로 『시 읽어주는 여자』가 있다.
한국시인협회 회원이며,
문화센터에서 시 창작 강의를 하고 있으며
한국문인협회 충주지부 회장을 역임했다.
현재 충주신문에 『시로 여는 세상』을 연재 중이다.
2018년 고대문우상을 수상하였다.

이메일 : 12rosa20@hanmail.net

어떤 꽃

천둥 비바람 지나간 자리에 찢어진 꽃이
상처를 말리고 있다.
찢어지고 젖은 시간을 여미면서
씨방 속 꿈들을 다독이고 있다

누군가의 꽃이었음에 주어진 아픔보다
사랑이 준 기쁨을 더 오래 보듬으며
더는 꽃은 아니어도 괜찮다 하는
주름 깊은 꽃잎 안에는 구름과 바람의 향기 그득하다

어머니 빈 집에 홀로 계시다.

얼음 불꽃

강이 ♡ 모양으로 그을려 있는 것을 보았다.
추위로 꽁꽁 문 닫은 그 몸 위에서
누군가 맹세한 흔적
♡안에 가지런히 언 장미 꽃송이들이
금방 피어난 듯 빨가니 눈부셨다
밤새 흘려놓은 촛불 사리들
그 따스함도 맨몸으로 받아주었는지
강이 선명하고 검게 그을려
강을 가로질러 간 두 사람 발자국이
얇은 싸락눈 위에 선명하게
디딜 때마다 온몸에 쩡쩡 금가는 소리 듣는다

세상을 거꾸로만 보아온 편견을 버리고
차고 단단한 두께만큼 얼음이 되고서야,
바로 선 사람을 안아보았던
♡ 모양의 강의 문신
왜 꼭 마흔 개의 촛불이었는지 알아내진 못했지만
꽝꽝 문 닫은 강이 받아낸 사랑의 유서를 봤다.

봄이 오면 맞은편 기슭에서 바라보던 얼굴도
아픈 자리를 벗어나 수천 겹 물결로 흐를 테지만
바닥은 뼈에 새겼겠지 수만 모래 사이 ♡를.

피와 꽃

아프다 아프다는 소리가 있어.
고개가 절로 돌아갔다.

꽃 _이었다
아, 사방에 꽃 _피었다

꽃이 피 _ 였다니

초록이 짜내는
피,

눈부시게 아픈 소리에
저절로 눈이 젖었다.

김영완

1967년 전남 나주에서 출생했다.
2019년 『문학청춘』 시부문 신인상으로 등단하였다.

이메일 : duddhks5820@naver.com

사춘기

고드름이다

차가운 변덕으로 몸짓을 키우고

거꾸로 매달려 불안하게 가슴 조이는

아슬아슬한 한 때

따뜻한 손길로 잡아주고 기다리면

서서히 녹아서 돌아오는

봄

어항

버려진 항아리 뚜껑이 있다

손잡이도 깨지고

색깔마저 투박하게 변해버린

아주 오래된 항아리 뚜껑

그 옛날 어느 종갓집 장독대의 주인이 되어

어루만져주는 귀한 손길 따라

짜디짠 간장을 덮고 냄새나는 된장을 덮고

수천 포기의 김장김치를 덮었을 항아리 뚜껑

세찬 비바람과 눈보라를 이겨낸 고난의 시간 동안

언제나 덮어 보기만 하고 담아 보지는 못했던 세월

누가 알았을까

제 짝 잃어 혼자된 덕에 물고기를 품고

수초와 뒹굴며 하늘을 담을 줄

이우디

서울에서 출생하여 제주에 거주하고 있다.
2019년 『문학청춘』 시부문 신인상으로 시 등단하였다.
2014년 영주일보 신춘문예 시조 당선하였고 『시조시학』으로 시조,
2019년 『한국동시조』 등단했다.
시조집 『썩을』 현대시조100인선 『강물에 입술 한 잔』
시집 『수식은 잊어요』가 있으며,
제12회 시조시학 젊은시인상,
2017년, 2020년 제주문화예술재단 문예창작지원금을 받았다.

이메일 : lms02010@hanmail.net

소우주

고독의 문양 시샘하는 이 세계 모른 척했다

마음 한 겹 덜어내기까지가
영원보다 멀어
흰 심장에 풀씨 하나 심어놓고
무덤 속에서 무덤덤
사랑을 쓸어내리는 동안
쉽게 흔들리지 않는 바람의 중심
거기

짙고 푸른 숲의 혀가 내 안으로 들어온 거기

물 흐르듯 한 몸으로 흐르면서
우리를 시작한 계절

본능을 탕진한 사심 가득한 순간이 있었다

절망이 포란한 것은 무엇이었을까

장미보다 붉게 웃는 입술이 기록된 거기

유효 기간 없는 예술의 정면이
흰 고백 스밍하는 거기

이터널

도와줄 수 있습니까

말들과 말이 서로 할퀴고 때렸을 때 부서지거나
깨어진 조각들은
기억을 잃었습니다

사라진 것들은 어찌 되었습니까

눈짓과 눈짓이 깎아내린 표정들은 민들레 갓털처럼 사방
으로
흩어진 채
혀를 잃었습니다

꿈이 떠난 것도 몰랐습니까

바다 위 팔랑거리는 노란 나비의 처음 모르듯 다음도 모
르고
고장 난 에어컨처럼
투덜투덜 하루를 탕진했습니다

끈적한 살 밑에 묻은 혼잣말은 둥근지 뾰족한지

저장된 기억 죽일지 살릴지
매장된 나는
버린 건지 버려진 건지

말이 버린 몸을 찾는 중입니다

어제 지우개로 지운 이터널 라인을 다시 퍼 올리는 것은
내일의 피가 굳이
당신 쪽으로만 흐르는 까닭입니다

발인 티켓

노랗게 곪은 심장을 전자레인지에 2분 돌렸습니다
햇반 한 그릇 만발하는 시간입니다
실수 너무 잦다는 걸 잠시 잊은 건 또 다른 실수지만
손가락이 손가락에 취해 춤추는 걸 막지 못합니다
자유를 동봉한 평등한 동산에서
자발적 발설의 파장으로
돌덩이처럼 단단해진 심장의 탄생은 실화

세상이 젤리처럼 말랑하지 않은 건 누구나 아는 사실이지만
삭은 실밥 같은 실핏줄 나눠 먹은 근육이야 무해하지만

영영 시들지 않을 기억 한 뿌리 명치 밑 파고들어
먼지처럼 온순한 봄날

숲의 일원이 되지 못하고 방출된 식물들
다래끼 같은 절망 사이로 녹아내린 오레오 아이스크림조차
운명처럼 달지 않아도

엎어진 인연이 복제되는 밤 12시 편도용 별자리 예약합니다

천년 전 꽃의 우연을 살다간 녹의 착장 외계인 같이
투신하듯 사라진 외계의 눈송이같이

죽어도 죽은 것은 아닌 몸으로 달까지 갈 수 있겠습니까

에덴에서 유실된 웃음소리 이후
흰 적막은

당신 분홍에 대한 오마주입니다

양시연

2019년 『문학청춘』 시조부문 신인상으로 등단했다.

묵주알 봄

우연인지 필연인지 인연의 땅이 있다
풍랑 속 라파엘호 흘러든 것도 그렇고
절부암 절부 고씨의 사랑 또한 그렇다

할머니와 할아버지, 어머니와 아버지
한 세기 굽이돌아 터를 잡은 봄날이
기어이 내 첫울음도 받아냈던 것이다

어느 날 내 인연을 가로지른 아스팔트
바다와 포구 사이 그리움도 끊겼으리
팽나무 목매단 봄이 묵주 알을 굴린다

신경성 안될병

'알러지''알러지'하면 '얼레리 얼레꼴레리~'
봄 오면 느닷없이 찾아오는 재채기
재채기 재채기하면
그 그리움 재채기하면

삼나무 꽃가루가 이 섬에 자욱하면
염불도 처방전도 소용없다
이놈아
너 죽고 나 살자하며 밀당하는 춘삼월

결국 꽃가루는 범인이 아니었다
현대식 아파트에 진드기가 범인이라고
신경성 안될병이네 진드기 같은 사랑아

친정의 별

내 어깨 반쯤 적시고 돌아서는 봄비처럼
춘분 언저리쯤 별 하나를 놓쳤네
서귀포 올레길에서
별 하나를 놓쳤네

한때는 이팔청춘 수평선도 떠돌았다
테왁도 울릉도도 함께 도는 육지 물질
그렇게 여름 한 철을
물숨 참듯 버렸다지

차 떼이고 포 떼이고 남는 건 숨비소리
대물릴 게 없어서 물질을 물리냐며
어머니 자맥질 소리
쏘아 올린 카노푸스

고순심

한국방송통신대학교 국문학과를 졸업했다.
2018년 제57회 탐라문화제 전국공모전 시부문 당선,
2020년 『문학청춘』 시부문 신인상으로 등단했다.
2020년 제2회 제주어문학상 수상을 수상했다.

이메일 : sunsim1897@daum.net

고양이를 빌려드립니다

공중에서 저글링 하던 나른한 그림자
축 늘어놓고
골골골 발목을 휘감는

고양이를 빌려드립니다

똥을 싸고 파묻은 화단은 누구도 침범하지 못하는 혼자만
의 영역
장미의 노을빛 꽃술에 취해 낭창!

돌우물을 무료하게 떠도는 구름을 찢어버린 달의 손톱,
들러붙은 구름 조각 하나 털어내고
나비처럼 날아 벌처럼 쏘는 당랑권법은
대대손손 전해오는 가문의 비법秘法이랍니다

불안한 예감일수록 빗나가는 법이 없는 백발백중
오리무중인 수중
꿈틀거리는 외로움만 잡아요
알레르기에 취약한 침묵은 사양합니다

그리 달아오를 일도, 노여워할 일도 없는
싸늘한 콧날은 미지근한 콧김을 베어버리기에 안성맞춤
당신의 가슴에 세상 모든 꽃들이 다 죽고 장미꽃 홀로 붉
게 흐드러질 때

호젓한 장미 덩굴 아래 볕이 든 쥐구멍처럼
외로움이 뚫어버린 당신의 심장을 골골골
나른한 세로토닌으로 메워주는

고양이를 빌려드립니다

제비

흰 구름을 검은 소실점까지 몰고 가는 건 끊어질 듯 이어
지는 실바람
필요에 따라서는 영혼 없는 사랑을 위해 바닥까지 치 닿
을 수도 있는
검은 턱시도를 쪽 빼입고 날렵한 자태로 강남 어디쯤에서
봄바람을 타고 날아온
종이 한 장을 사이에 둔 흑과 백
혹애惑愛 또는 백치의 사랑일지도 몰라

물이 차지 않는 제비의 날개는 번지르르 미끄러질 것 같
은 검은 턱시도
길게 흘리는 날개를 분질러줄게
부러진 날개는 어느 방향으로 날아갈까
검은 턱시도를 벗어버리면
남아있는 흰색의 민낯은 진짜 어떤 색깔일까

읽다 만 페이지에 꽂아놓은 얼굴 끝내 생각이 나지 않아
오래전부터 책상 밑을 구르는 빈 병의 공명처럼 소리 내
어 울고 싶은 생각이 들 때쯤

박씨 하나만 물어다 줄래

그러면, 날아가야 할 때를 잊고 배가 떨어지기를 기다리
는 까마귀
또는, 새털구름의 털을 뽑는 상상을 하며 입을 벌리고 있
을 뱀의 허물처럼
검은 턱시도 그림자에 드리워진 진실은 어떤 색깔일까

세상에 박씨라는 게 있기는 한 거니

김종식

1962년 경북 영덕에서 태어났다.
2020년『문학청춘』시부문 신인상으로 등단했다.

이메일 : windkeeper19846@hanmail.net

강의 얼굴

동틀 녘 라싸강변, 낯선 바람이 불어온다 포탈라궁에서
처음 만난 천년 왕조의 냄새 같은, 줄곧 나를 따라다니는 오
래된 얼굴 같기도 한 바람

나는 강물에 손을 담그지 않는다
오염된 손을 신성한 식탁에 올려놓는 기분이랄까 물수제
비를 뜨려던 돌을 다시 내려놓는다 제의도 없이 만년 설산
의 잠에서 깨어난 순수를 범해서는 안 되기에,
한 번도 만나본 적 없는 차가운 옥색의 강물
그 시작과 끝을 떠 올린다

상류를 더듬어가던 중, 수장터의 흐릿한 얼룩이 번졌다
어린 기억 속, 붉은 조명 아래 출렁거리던 정육사의 앞치마
가 떠오른다

고요한 표정의 얼굴을 내려다보는 비장한 얼굴, 이미 감
은 눈으로 빙긋 올려다보는 얼굴, 번갈아 두 얼굴이 나타났
다 사라진다 수장터의 뿌리를 휘감아 소용돌이치는 강물,
수면에서 표정을 바꾸어 유유히 빠져나가고 있다.

강물 속에선 옷을 바꿔 입는 축제가 벌어지고 있는데,
정갈하게 발겨질 한 생이 물고기 화석의 가시처럼 떠오르
며,
한 점의 잉여가 예를 깰 것 같은 생각이 든다

가까이에 강물을 두고 목이 마르면,
아침 허기는 차오르면서도, 자꾸만 목을 누른다

몇 그루, 고산의 백양목이 강물을 붙잡고 있다

탱자나무 울타리 안에서

나는 두터워지기로 했다

가시가 돋아나 가시를 찌르고 찔린 가시가 찌른 가시를 찌르고 내가 모르는 가시가 나를 찌르고 나 역시 아무 가시든 찌르며 울타리를 키워나간다. 등을 말아놓은 고슴도치처럼

가시 끝에 귀를 가져다 놓으면 내 살은 이미 바깥에 가 있다 예민한 손가락을 달고 촘촘하게 화폭을 넓혀나간다 가시가 겹쳐질수록 더 많은 피가 흐르고 서로 엉겨 굳은 피만큼 내 등은 단단해진다 가시 길이와 두께만큼 속내를 감추는 동안 가시 돋은 말들은 울타리 안에서 부러지거나 삭아버리니까 간혹 두려움을 안고 자란 억울한 말이 비집고 나오면 꼭꼭 집어내 살에 새겨 넣는다 타투처럼 신비로운 힘이 생겨나니까 와이어로 짠 방탄복을 속옷으로 입은 것처럼

바깥에선 다만 조각난 어둠으로 보일 뿐이니까

수필

이선국

강원도 고성에서 태어났으며
한국방송통신대학 법학과를 졸업했다.
2012년『문학청춘』수필부문 신인상으로 등단했다.
한국문협 회원, 고성문학회 고문, 물소리시낭송회 대표로 있다.
저서로『길 위에서 금강산을 만나다』『고성지방의 옛날이야기』등이 있다.

이메일 : skl2425@naver.com

아기 풍란

　그는 직장으로 나를 찾아왔다. 지인이 그를 앞세워 찾아온 것이 인연이 되었다. 작은 수반에 검은 현무암, 돌 위에 가부좌를 틀고 나란히 앉아있는 두 그루의 난초, 다소곳이 앉은 그의 자태는 처음부터 범상치 않았다. 그 누구에게도 눈빛 한번 주지도, 말 한번 걸지도 않았지만 고고한 자태에 자꾸 눈길이 갔다.

　그는 따뜻한 지인을 닮아 청초하고 단아했다. 그 신비스런 모습을 한참 물끄러미 바라보고 관조할 뿐이었다. 가끔은 돌방석을 깔고 앉아있는 짧고 좁다란 잎이 '조급해하지 말고 천천히 사유하라'며 평정심을 잃지 않도록 일러주고 있었다.

　'고놈, 참 신기하네.' 흙 아닌 돌에 뿌리를 얹혀 있은 그를 지그시 바라보다 시간 가는 줄 모르게 지나가는 날이 늘어갔다. 아침저녁뿐만 아니라 수시로 그의 눈치를 살피면서 물을 주고 또 주었다. 매일 쏟는 사랑만큼 가냘픈 이파리는 기대를 저버리지 않고 늘 생기를 잃지 않았다. 풍란의 묘한 매력에 빠져 날마다 미세한 변화까지도 챙기고 있었다. 점점 그의 자태에 흠뻑 빠져들었다.

　그는 좁은 사무실에서도 다른 관엽식물들과 인연을 맺고

살가운 이웃처럼 도란도란 함께 살았다. 대부분 난초들은 촉촉한 화분에서 얌전히 자라는데 유독 그는 돌방석에 앉아 극진한 관심과 사랑을 받았다. 비록 작고 연약하지만 초록 빛깔 잎사귀와 돌을 안고 있는 가냘픈 뿌리가 억척스럽고 신기하기 그지없었다. 헌데 물을 자주 주지 않으면 금방 돌이 마르고 돌 위에서 말라 죽을 수 있다는 걱정 때문에 특별한 정성을 쏟지 않으면 안 되는 애물단지였다. 애지중지할 수밖에 없었다.

무엇이든지 필요 때문에 갖는 것이지만 일단 갖게 되면 그것 때문에 마음을 쓰게 된다. 소유한다는 것은 무엇인가에 얽매이는 것이고 스스로 그 올무에 갇히게 되는 꼴인데 혹여 집착은 아닐까.

어느 날 아침 '어, 꽃이…' 그 작은 풍란에 하얀 꽃이 피었다. 실 같은 꽃대, 그 끝에 아주 작은 꽃잎은 앙증맞고 정말 신비스러웠다. 돌 위에 얹힌 것부터 예사롭지 않더니 예상치 못한 개화에 더 놀랐다. 특별한 난초, 그 작은 몸집의 풍란은 애초 기대하지 않았지만 하얀 꽃을 피운 것이다. 애지중지 정성에 보답이라도 하듯 예쁜 꽃잎을 보란 듯 출수한 것이다. 간밤에 홀로 산고를 겪었는지도 모를 일이다. 그가 살아있다는 것만으로도 감사한데 덤으로 예쁜 꽃까지 볼 수 있다는 사실이 여간 고마운 일이 아닐 수 없었다. 우리 곁에서 꽃이 피어난다는 것은 얼마나 놀라운 생명의 신비인가, 곱고 향기로운 우주가 문을 여는 것이다.

기실 난초는 게으른 사람들이 키운다고 한다. 하지만 난초를 키운다는 것은 결코 쉬운 일이 아니다. 온도와 습도도 맞추어야 하고 건조하지 않도록 수시로 물을 주어야 하는 관계로 부지런하지 않으면 안 된다. 또 물을 너무 많이 주어도 안 된다. 어린 아기를 보살피는 정성보다 더 많은 애정을 쏟아야 한다.

특히 석부작은 작은 공간에 공기가 탁하거나 건조하면 돌의 물기가 순식간에 말랐다. 물을 자주 뿌리고 엊기를 반복하는 동안 난초는 생기를 띠고 초록빛 윤기를 더했다. 부지런한 주인의 관심과 사랑으로 난초는 행복하게 자랐다.

직장에 있을 땐 난초들이 비교적 많았다. 동양란과 비롯해 호접란 등 다양한 양란과 식물들이 많은 편이었다. 양지바른 창가엔 난초들이 자리를 잡았다. 이런저런 사연을 가진 난초들이 사계절 초록빛을 잃지 않았고 때론 형형색색의 꽃까지 피었다. 그 공간이 내겐 작은 정원이고 쉼터였다.

사무실을 떠날 때 덩그러니 두고 올 수 없어서 집기와 함께 주인을 따라 이사를 했다. 집에서도 여전히 물을 주고 수시로 물 뿌리는 것이 하루 일과 중 중요한 일이었다. 난초는 사무실과 다른 환경이었지만 기특하게도 잘 자랐다. 하지만 풍란은 예전 같지 않았다. 아마도 건조하고 높은 실내 온도도 문제였지만 정작 주인의 관심과 사랑이 예전 같지 않았던 것은 아닐까 싶었다. 밖으로 나도는 일이 잦을수록 난초 물주기도 그만큼 뜸 해지고 관심도 소홀해질 수 밖에 없었다.

설상가상 한동안 집을 비우는 일이 생겼다. 얼마 동안 물

주기와 사랑을 주지 못하는 상황이 벌어진 것이다. 다른 사람에게 맡기기도 어려운 상황이라 나설 때 물을 흠뻑 준 다음 떠날 수밖에 없었다. 집 떠난 이후 내내 마치 어린아이를 그냥 두고 온 것처럼 '괜찮겠지' 하면서도 여전히 불안했다.

돌아오자마자 난초들을 찾았다. 그런데 '아뿔싸' 걱정했던 것처럼 풍란은 이미 누렇게 변해가고 있었다. 연약한 뿌리도 말라비틀어져 있었다. 이제나저제나 주인을 기다리다 스스로 포기한 것 같아 마음 아팠다. 마른 잎 한켠에 초록빛이 조금 남아있었다. 애처로운 마음으로 며칠 물에 담가 두었지만 풍란의 푸른빛은 생기를 되찾지 못했다. 그래도 혹시나 하는 마음으로 아침저녁으로 물을 주었다. 그렇지만 누런 잎은 청초한 빛으로 다시 돌아오지 못하고 오히려 점점 누런 흙빛으로 변해버리고 말았다.

돌보지 않았던 것을 크게 후회했다. 다시 돌아오지 못하는 강을 건넌 그를 허망한 눈빛으로 안타깝게 바라보고 있을 수밖에 없었다. 마지막까지 악착같이 한 모금의 물기를 얻으려고 안간힘을 다한 풍란의 몸짓은 죽은 후에도 돌과 뿌리가 단단히 얽혀 떨어지지 않았다. 그의 처절한 사투를 연상할수록 그의 절명은 너무나 가슴 아프고 미안했다. 홀로 방치한 죗값이라도 달게 받아야 했다. 살아있을 때 더 잘했어야 했는데…

사는 동안 매번 끈끈한 인연들이 떠난 뒤에 뼈아프게 후회하는 일이 반복되고 있다. 풍란을 잃고 나서 애초 그런 인연을 만들지 말아야 하겠다고 다짐했다. 만약 연이 된다면 끝까지 책임져야할 일이다. 이런저런 핑계로 방기한다면 또 다른 풍란의 죽음과 고통을 만날 수 있다는 것을 다시 뼈저리게 느끼고 후회했다. 내겐 삶이 늘 반성과 후회의 연장이었다.

문학청춘작가회 회칙

제1장 총칙
제1조(명칭) 본 회는 '문학청춘작가회'라 칭한다.

제2조(목적) 본 회는 '문학청춘'으로 등단한 문인들의 문학적 소양을 증진시키기 위한 상호 교류의 터전을 마련하고 궁극적으로 회원들의 모지인 '문학청춘'의 발전에 기여함을 그 목적으로 한다.

제2장 회원
제3조(회원의 자격) '문학청춘'을 통해 등단한 문인들을 원칙으로 한다.

제4조(권리) 회원은 총회를 통하여 본 회의 운영에 참여할 권리를 가진다.

제5조(의무) 회원은 본 회에서 정한 사업에 참여하며, 회칙 및 의결사항을 이행하고 회비를 납부하는 의무를 지닌다.

제6조(자격상실) 회원으로서 품위를 손상시키는 행위를 하거나 회비를 2년 이상 미납한 경우 이사회의 의결을 거쳐 회원자격을 심의한다.

제3장 기구
제7조(총회)

  1. 총회는 본 회의 최고의결 기구로서, 회원으로 구성한다.

  2. 정기총회는 연1회 회장이 소집하여 개최하는 것을 원칙으로 한다.

  3. 임시총회는 이사회 또는 재적회원 1/3 이상의 소집요구에 의하여 개최할 수 있다.

4. 총회는 사업계획, 임원선출, 예산편성 및 결산, 회칙개정, 기타 중요사항을 심의 의결한다.

5. 총회는 재적회원 과반수의 출석으로 개최하고 출석 회원 과반수의 찬성으로 의결한다. 단, 회원은 위임장을 통해 의결권을 다른 회원에게 위임할 수 있다.

제8조(이사회)

1. 이사회는 회장, 부회장, 이사로 구성한다.

2. 이사는 총무이사와 지역이사로 구성한다.

3. 이사회는 회장이 필요하다고 인정할 때나 임원 과반수의 요구가 있을 때 소집한다.

4. 이사회는 총회 의결사항의 집행, 총회에 부의할 안건의 예비심사, 업무집행 및 사업계획 운영, 기타 중요사항을 의결한다.

5. 이사회는 이사의 1/2 이상 출석으로 개최하고 출석인원 과반수의 찬성으로 의결한다. 단, 이사는 위임장을 통해 의결권을 다른 이사에게 위임할 수 있다.

제4장 임원

제9조(구성) 본회는 회장, 부회장 3인, 총무이사, 감사, 지역이사 3인을 둔다.

제10조(회장)

1. 회장은 정기총회에서 선출하고 그 임기는 2년으로 하고 연임할 수 있다.

2. 회장은 본 회를 대표하며 본 회의 업무를 총괄한다.

제11조(부회장)

1. 부회장은 이사회에서 추대하고 그 임기는 2년으로 하고 연임할 수 있다.

2. 부회장은 회장을 보좌하되, 회장 궐위 시에는 연장자가 업무를 대행한다.

제12조(감사) 정기총회에서 선출한다.

제13조(이사)

1. 이사는 회장이나 이사회의 추천으로 총회의 인준을 받아 임명하고 그 임기는 2년으로 하고 연임할 수 있다.

2. 이사는 이사회를 통하여 본 회의 업무에 관한 사항을 심의하며 회장으로부터 위임된 사항을 처리한다.

제14조(고문) 임원 외에 약간의 고문을 둘 수 있다.

1. '문학청춘' 발행인 또는 주간을 상임고문으로 둔다.

2. 고문은 발행인 추천으로 이사회에서 추대하고 임기는 별도로 정하지 않으며 회장과 이사회의 자문에 적극 협조한다.

제5장 재정

제15조(내역) 본 회의 재정은 회비, 찬조금, 기금, 기타 사업 수익으로 한다.

제16조(회비) 본회의 회비는 연회비로 납부한다.

1. 회원의 회비는 연회비로 20만원을 납부한다.

2. 임원의 회비는 연회비 30만원으로 한다.

제6장 사업

제17조(동인지 발간) 본 회원들의 작품(시와 산문)을 엮어서 매년 1회 동인지로 발간한다.

제18조(문학기행) 연1회 회원들이 거주하는 지역을 중심으로 문학기행을 한다.

제19조 동인지 발간 및 문학기행은 참가회원 중심으로 실시한다.

부칙

1. 본 회칙에 규정되지 않은 사항은 관례에 따른다.

2. 본 회칙의 개정은 이사회 혹은 재적회원 1/3 이상의 요구에 따라 발의할 수 있으며, 총회에서 출석회원 2/3 이상의 찬성으로 의결한다.

3. 본 회칙은 본 회의 제1차 정기총회의 의결을 거친 날로부터 효력을 발생한다.

4. 2017년 7월 8일 정기총회에서 논의된 내용은 차기 집행부가 권한을 위임받아 이사회를 거쳐 개정 공지한다.

문학청춘작가회 발자취

2015. 6. 16. 계간 『문학청춘』 사무실에서 유담 시인과 김영탁 주간이 '문학청춘작가회' 창립 발의

2015. 7. 14. '문학청춘작가회' 창립준비위원 5인(유담 · 이태련 · 홍지헌 · 류인채 · 김영탁) 1차 창립 준비모임. 고문(이수익 · 김기택 · 김영탁) 위촉.

2015. 7. 28. 2차 준비모임(김선아 시인 동참)

2015. 8. 18. 3차 준비모임(창립취지문 및 창립총회 최종 점검)

2015. 9. 5. 문학청춘작가회 창립 총회

초대회장 : 유담 시인.

부회장 : 이태련 수필가 · 홍지헌 · 김선아 · 류인채 시인

홍지헌 시인 시집 『나는 없네』 발행

2016. 7. 3. 제2회 정기총회

양민주 시인 시집 『아버지의 늪』 발행

백선오 시인 시집 『월요일 오전』 발행

류인채 시인 시집 『거북이의 처세술』 발행

2017. 7. 8. 제3회 정기총회

제2대 회장 : 민창홍 시인

부회장 : 김요아킴 · 손영숙 시인

지역이사 : 이선국 수필가, 양민주 시인

동인지 편집장 : 류인채 시인

2017. 11. 4. 임시총회

정기총회 날짜를 계간 『문학청춘』 창간 기념 행사에 맞추

기로 함.

김요아킴 시인 시집 『그녀의 시모노세끼항』 발행

손영숙 시인 시집 『지붕 없는 아이들』 발행

김선아 시인 시집 『얼룩이라는 무늬』 발행

2018. 1. 20. 문학기행 – 경남 창원 일원 8명 참가(경남문학관, 마산 시의거리, 문신미술관)

김미옥 시인 시집 『어느 슈퍼 우먼의 즐거운 감옥』 발행

민창홍 시인 시집 『캥거루 백을 멘 남자』 발행

이나혜 시인 시집 『눈물은 다리가 백 개』 발행

2018. 11. 17. 문청동인지 창간호 『눈가에 가지 끝 수관 하나 심으면』 발행

제1회 문학청춘작가회 동인지 우수작품상 유담 시인 수상

2019. 6. 15. 문학기행 인천광역시 일원(차이나타운, 동화마을, 자유공원, 월미도)

2019. 11. 9. 문청동인지 2호 『그날의 그림자는 소용돌이치네』 발행

제2회 문학청춘작가회 동인지 우수작품상 김미옥 시인 수상

2019. 11. 9. 정기총회

민창홍 회장 연임. 이일우 회원 수석부회장 추대

2019. 12. 류인채 시인 시집 『계절의 끝에 선 피에타』 발행

유담 시인 산문집 『늙음 오디세이아』 발행

이강휘 시인 시집 『내 이마에서 떨어진 조약돌 두개』 발행

2019. 12. 27. 손영숙 시인 대구문학 올해의 작품상 수상

2020. 4. 김요아킴 시인 시집 『공중부양사』 발행

이우디 시인 시집 『수식은 잊어요』 발행

2020. 6. 1. 추천 심의를 거쳐 충주에서 활동 중인 박상옥 시인 입회

2020. 10. 9. 김선아 시인 〈의제헌 김명배 문학상〉 수상

2020. 10. 18. 김요아킴 시인 제9회 백신애창작기금 받음

2020. 12.   문청동인지 3호 『고양이가 앉아 있는 자세』 발행

제3회 문학청춘작가회 동인지 우수작품상 민창홍 시인 수상

2020. 4. 2   이일우 시인 시집 『여름밤의 눈사람』 발행

2020. 12.   동인지 4호 『참꽃』 발행

제4회 문학청춘작가회 동인지 우수작품상 이일우 시인 수상

황금알 시인선

01 정완영 시집 | 구름 山房산방
02 오탁번 시집 | 손님
03 허형만 시집 | 첫차
04 오태환 시집 | 별빛들을 쓰다
05 홍은택 시집 | 통점痛點에서 꽃이 핀다
06 정이랑 시집 | 떡갈나무 잎들이 길을 흔들고
07 송기홍 시집 | 흰빰검둥오리
08 윤지영 시집 | 물고기의 방
09 정영숙 시집 | 하늘새
10 이유경 시집 | 자갈치통신
11 서춘기 시집 | 새들의 밥상
12 김영탁 시집 | 새소리에 몸이 절로 먼 산 보고
    인사하네
13 임강빈 시집 | 집 한 채
14 이동재 시집 | 포르노 배우 문상기
15 서 량 시집 | 푸른 절벽
16 김영찬 시집 | 불멸을 힐끗 쳐다보다
17 김효선 시집 | 서른다섯 개의 삐걱거림
18 송준영 시집 | 습득
19 윤관영 시집 | 어쩌다, 내가 예쁜
20 허 립 시집 | 노을강에서 재즈를 듣다
21 박수현 시집 | 운문호 붕어찜
22 이승욱 시집 | 한숨짓는 버릇
23 이자규 시집 | 우물치는 여자
24 오창렬 시집 | 서로 따뜻하다
25 尹錫山 시집 | 밥 나이, 잠 나이
26 이정주 시집 | 홍등
27 윤종영 시집 | 구두
28 조성자 시집 | 새우깡
29 강세환 시집 | 벚꽃의 침묵
30 장인수 시집 | 온순한 뿔
31 전기철 시집 | 로깡땡의 일기
32 최올원 시집 | 계단은 잠들지 않는다
33 김영박 시집 | 환한 물방울
34 전용직 시집 | 붓으로 마음을 세우다
35 유정이 시집 | 선인장 꽃기린
36 박종빈 시집 | 모차르트의 변명
37 최춘희 시집 | 시간 여행자
38 임연태 시집 | 청동물고기
39 하정열 시집 | 삶의 흔적 돌
40 김영석 시집 | 거울 속 모래나라
41 정완영 시집 | 詩菴시암의 봄
42 이수영 시집 | 어머니께 말씀드리죠
43 이원식 시집 | 친절한 피카소
44 이미란 시집 | 내 남자의 사랑법法
45 송명진 시집 | 착한 미소
46 김세형 시집 | 찬란을 위하여
47 정완영 시집 | 세월이 무엇입니까
48 임정옥 시집 | 어머니의 완장
49 김영석 시선집 | 모든 구멍은 따뜻하다
50 김은령 시집 | 차경借景
51 이희섭 시집 | 스타카토
52 김성부 시집 | 달항아리
53 유봉희 시집 | 잠깐 시간의 발을 보았다
54 이상인 시집 | UFO 소나무
55 오시영 시집 | 여수麗水
56 이무권 시집 | 별도 많고
57 김정원 시집 | 환대
58 김명린 시집 | 달의 씨앗
59 최석균 시집 | 수담手談
60 김요아킴 야구시집 | 왼손잡이 투수
61 이경순 시집 | 붉은 나무를 찾아서
62 서동안 시집 | 꽃의 인사법
63 이여명 시집 | 말뚝
64 정인목 시집 | 짜구질 소리
65 배재열 시집 | 타전
66 이성렬 시집 | 밀회
67 최명란 시집 | 자명한 연애론
68 최명란 시집 | 명랑생각
69 한국의사시인회 시집 | 닥터 K
70 박장재 시집 | 그 남자의 다락방
71 채재순 시집 | 바람의 독서
72 이상훈 시집 | 나비야 나비야
73 구순희 시집 | 군사 우편
74 이원식 시집 | 비둘기 모네
75 김생수 시집 | 지나가다
76 김성도 시집 | 벌락마을
77 권영해 시집 | 봄은 경력 사원
78 박철영 시집 | 낙타는 비를 기다리지 않는다
79 박윤규 시집 | 꽃은 피다
80 김시탁 시집 | 술 취한 바람을 보았다
81 임형신 시집 | 서강에 다녀오다
82 이경아 시집 | 겨울 숲에 들다
83 조승래 시집 | 하오의 숲
84 박상돈 시집 | 와! 그때처럼
85 한국의사시인회 시집 | 환자가 경전이다
86 윤유점 시집 | 내 인생의 바이블 코드
87 강석화 시집 | 호리천리
88 유 담 시집 | 두근거리는 지금
89 엄태경 시집 | 호랑이를 탔다
90 민창홍 시집 | 닭과 코스모스
91 김길나 시집 | 일탈의 순간
92 최명길 시집 | 산시 백두대간
93 방순미 시집 | 매화꽃 펴야 오것다
94 강상기 시집 | 콩의 변증법
95 류인채 시집 | 소리의 거처
96 양아정 시집 | 푸줏간집 여자
97 김명희 시집 | 꽃의 타지마할

98 한소운 시집 | 꿈꾸는 비단길
99 김윤희 시집 | 오아시스의 거간꾼
100 니시 가즈토모(西一知) 시집 | 우리 등 뒤의 천사
101 오쓰보 레미코(大坪れみ子) 시집 | 달의 얼굴
102 김 영 시집 | 나비 편지
103 김원옥 시집 | 바다의 비망록
104 박 산 시집 | 무야의 푸른 샛별
105 하정열 시집 | 삶의 순례길
106 한선자 시집 | 울어라 실컷, 울어라
107 김영철 어린이시조집 | 마음 한 장, 생각 한 겹
108 정영운 시집 | 딴청 피우는 여자
109 김환식 시집 | 버팀목
110 변승기 시집 | 그대 이름을 다시 불러본다
111 서상만 시집 | 분월포芬月浦
112 잇시키 마코토(一色真理) 시집 | 암호해독사
113 홍지헌 시집 | 나는 없네
114 우미자 시집 | 첫 마을에 닿는 길
115 김은숙 시집 | 귀띔
116 최연홍 시집 | 하얀 목화꼬리사슴
117 정경해 시집 | 술항아리
118 이월춘 시집 | 감나무 맹자
119 이성률 시집 | 둘레길
120 윤범모 장편시집 | 토함산 석굴암
121 오세경 시집 | 발톱 다듬는 여자
122 김기화 시집 | 고맙다
123 광복70주년, 한일수교 50주년 기념 한일 70인
    시선집 | 생의 인사말
124 양민주 시집 | 아버지의 늪
125 서정춘 복간 시집 | 죽편竹篇
126 신승철 시집 | 기적 수업
127 이수익 시집 | 침묵의 여울
128 김정윤 시집 | 바람의 집
129 양 숙 시집 | 염천 동사炎天 凍死
130 시문학연구회 하로동선夏爐冬扇 시집 | 안개가
    자욱한 숲이다
131 백선오 시집 | 월요일 오전
132 유정자 시집 | 무늬
133 허윤정 시집 | 꽃의 어록語錄
134 성선경 시집 | 서른 살의 박봉 씨
135 이종만 시집 | 찰나의 꽃
136 박중식 시집 | 산곡山曲
137 최일화 시집 | 그의 노래
138 강지연 시집 | 소소
139 이종문 시집 | 아버지가 서 계시네
140 류인채 시집 | 거북이의 처세술
141 정영선 시집 | 만월滿月의 여자
142 강홍수 시집 | 아비
143 김영탁 시집 | 냉장고 여자
144 김요아킴 시집 | 그녀의 시모노세끼항
145 이원명 시집 | 즈믄 날의 소묘
146 최명길 시집 | 히말라야 뿔무소

147 시문학연구회 하로동선夏爐冬扇 시집 2 | 출렁,
    그대가 온다
148 손영숙 시집 | 지붕 없는 아이들
149 박 잠 시집 | 나무가 하늘뼈로 남았을 때
150 김원욱 시집 | 누군가의 누군가는
151 유자효 시집 | 꼭
152 김승강 시집 | 봄날의 라디오
153 이민화 시집 | 오래된 잠
154 이상원李相源 시집 | 내 그림자 밟지 마라
155 공영해 시조집 | 아카시아 꽃숲에서
156 미즈타 노리코(水田宗子) 시집 | 귀로
157 김인애 시집 | 흔들리는 것들의 무게
158 이은심 시집 | 바닥의 권력
159 김선아 시집 | 얼룩이라는 무늬
160 안평옥 시집 | 불벼락 치다
161 김상현 시집 | 김상현의 밥詩
162 이종성 시집 | 산의 마음
163 정경해 시집 | 가난한 아침
164 허영자 시집 | 투명에 대하여 외
165 신병은 시집 | 곁
166 임채성 시집 | 왼바라기
167 고인숙 시집 | 시련은 깜찍하다
168 장하지 시집 | 나뭇잎 우산
169 김미옥 시집 | 어느 슈퍼우먼의 즐거운 감옥
170 전재욱 시집 | 가시나무새
171 서범석 시집 | 짐작되는 평촌역
172 이경아 시집 | 지우개가 없는 나는
173 제주해녀 시조집 | 해양문화의 꽃, 해녀
174 강영은 시집 | 상냥한 시론詩論
175 윤인미 시집 | 물의 가면
176 시문학연구회 하로동선夏爐冬扇 시집 3 | 사랑은
    종종 뒤에 있다
177 신태희 시집 | 나무에게 빚지다
178 구재기 시집 | 휘어진 가지
179 조선희 시집 | 애월에 서다
180 민창홍 시집 | 캥거루 백bag을 멘 남자
181 이미화 시집 | 치통의 아침
182 이나혜 시집 | 눈물은 다리가 백 개
183 김일연 시집 | 너와 보낸 봄날
184 장영춘 시집 | 단애에 걸다
185 한성례 시집 | 웃는 꽃
186 박대성 시집 | 아버지, 액자는 따스한가요
187 전용직 시집 | 산수화
188 이효빈 시집 | 오래된 오늘
189 이규석 시집 | 갑과 을
190 박상옥 시집 | 끈
191 김상용 시집 | 행복한 나무
192 최명길 시집 | 아내
193 배순금 시집 | 보리수 잎 반지
194 오승철 시집 | 오키나와의 화살표
195 김순이 시선집 | 제주야행濟州夜行

196 오태환 시집 | 바다, 내 언어들의 희망 또는 그
　　고통스러운 조건
197 김복근 시조집 | 비포리 매화
198 시문학연구회 하로동선夏爐冬扇 시집 4 | 너에게
　　닿고자 불을 밝힌다
199 이정미 시집 | 열려라 참깨
200 박기섭 시집 | 키 작은 나귀 타고
201 천리(陳黎) 시집 | 섬나라 대만島/國
202 강태구 시집 | 마음의 꼬리
203 구명숙 시집 | 뭉클
204 옌즈(閻志) 시집 | 소년의 시少年辞
205 문학청춘작가회 동인지 2 | 그날의 그림자는
　　소용돌이치네
206 함국환 시집 | 질주
207 김석인 시조집 | 범종처럼
208 한기팔 시집 | 섬, 우화寓話
209 문순자 시집 | 어쩌다 맑음
210 이우디 시집 | 수식은 잊어요
211 이수익 시집 | 조용한 폭발
212 박　산 시집 | 인공지능이 지은 시
213 박현자 시집 | 아날로그를 듣다
214 시문학연구회 하로동선夏爐冬扇 시집 5 | 너를
　　버리자 내가 돌아왔다
215 박기섭 시집 | 오동꽃을 보며
216 박분필 시집 | 바다의 골목
217 강흥수 시집 | 새벽길
218 정병숙 시집 | 저녁으로의 산책
219 김종호 시선집
220 이창하 시집 | 감사하고 싶은 날
221 박우담 시집 | 계절의 문양
222 제민숙 시조집 | 아직 괜찮다
223 문학청춘작가회 동인지 3 | 고양이가 앉아 있는
　　자세
224 신승준 시집 | 이연당집怡然堂集 · 下
225 최　준 시집 | 칸트의 산책로
226 이상원 시집 | 변두리
227 이일우 시집 | 여름밤의 눈사람
228 김종규 시집 | 액정사회
229 이동재 시집 | 이런 젠장 이런 것도 시가 되네
230 전병석 시집 | 천변 왕버들
231 양아정 시집 | 하이힐을 믿는 순간
232 김승필 시집 | 옆구리를 수거하다
233 강성희 시집 | 소리, 그 정겨운 울림
234 김승강 시집 | 회를 먹던 가족
235 김순자 시집 | 서리꽃 진자리에
236 신영옥 시집 | 그만해라 가을산 무너지겠다
237 이금미 시집 | 바람의 연인
238 양문정 시집 | 불안 주택에 거居하다
239 오하룡 시집 | 그 너머의 시
240 문학청춘작가회 동인지 4 | 참꽃